Suicidio en el país de las magnolias

José Alejandro Peña

Prólogo de Leopoldo Minaya

Colección Ladera Este
Poesía

Editorial Neptuno
www.editorialneptuno.com
Tampico, Tamaulipas, México

Publicado y distribuido por
Editorial Neptuno
Francisco Villa 605-2
Colonia Tancol,
Tampico, Tamaulipas,
México
C. P. 89320
www.editorial**neptuno**.com
libros@editorialneptuno.com
Tel.: +52.833.849.6557

Impreso en
Talleres Llimá S. A.
Tampico, Tamaulipas, México.

José Alejandro Peña, o el imperio de la emoción trascendente (*)

El conjunto de poemas que José Alejandro Peña presenta en este nuevo libro *"Suicidio en el país de las magnolias"* es una continuación en el tiempo de un oficio que desde el primer momento se reveló intransigente.

Así, como se escucha. Oficio intransigente de un poeta intransigente… consecuente con la depuración, la limpidez, el contraste, la imaginación creadora, la profundidad incisiva y la belleza dotada de magnificencia humana. Poeta disidente del facilismo creativo, la expresión amanerada, y la utilitaria primacía del significado.

Desde sus primeras notas, *"Iniciación final"*, nuestro poeta nos deja saber que ha comenzado su arte en un nivel final de maestría técnica, es decir, con una capacidad de orquestar objetos duraderos que tenderán sin duda a reproducirse a su vez con igual rapidez con que el mismo Hugo multiplicara sus caracteres. Un poeta que no necesitó agotar etapa alguna de aprendizaje, que nunca ha sido aprendiz.

Fue así el lanzamiento de un escritor prolífico que constituye, por sí, uno de los puntales en que descansa la gran poesía dominicana escrita en la segunda mitad del siglo veinte (que se ha pasado al veintiuno): la mejor poesía que en nuestro país se haya escrito jamás, juzgada libro por libro la calidad de sus exponentes.

José Alejandro Peña destaca por la pureza y el acabado de sus composiciones, la densidad e intensidad de sus expresiones metafóricas, la presencia en sus versos de una sabiduría que salta simultáneamente desde los resortes de la mera intuición y del profundo conocimiento de las categorías abstractas, de las cosas y del hombre mismo. Por pureza y acabado entendemos, en única instancia, la invención de una Palabra esencial que consigue expresarse totalmente por sí misma, y la colocación de ese creado fenómeno en las fronteras del Absoluto, ajeno a las circunstancias y eventualidades de las tres magnitudes fundamentales en que el hombre –para su bien o para su mal- se enreda o se desenreda.

En José Alejandro Peña resuenan los ecos atávicos de la substanciación humana y el temblor insondable del sinuoso devenir que, con su imposible llegada, desespera: devenir que es un ayer, ayer que es un presente, presente que convulsiona: convulsión de los tiempos resumida en el (mismo) doble acto del sentir y el pensar -que al cabo "es una bobada"-, como si igual hablásemos de la inhalación y el soplo, del nacimiento y la muerte.

Vano resulte, tal vez, el intento de explicar esta poesía del país de las magnolias. Ella se expresa en sí misma suficientemente, inexplicándose. Los contrastes, las relaciones entre lo sublime y lo grotesco, lo descabellado y lo humano, lo sensitivo y lo explosivo, lo mordaz y lo delicado, dan a la obra un cariz original donde el absurdo constituye la "otra" realidad. José Alejandro Peña es el poeta de las asociaciones inimaginables, sorprendiendo siempre al lector al doblar de la línea. Con José Alejandro Peña no está nunca uno seguro de adonde irá a desembocar el nacimiento de una idea o el discurrir de una proposición, en su incansable búsqueda de la emoción trascendente:

Un pájaro metido en una botella
la botella en un grano de arena
la arena cantando mi canción siniestra
en la más alta prestidigitación del azar.
> (La más alta prestidigitación del azar)

Bello como una pelambre de mono…
> (La nueva inquisición)

Valga, no obstante, el deseo de señalar alguna de sus cualidades, como tributo de sincera admiración… porque nada diferente podría producir en nosotros la naturalidad con que nuestro poeta produce unas enrevesadas asociaciones en que objetos y valoraciones concretos e inconcretos de índole distinta se ensamblan y asocian para producir expresiones y frases que de inmediato nos parecen inescuchadas; que, según parece, no se habían dicho nunca antes sobre la faz del universo; mezcolanzas excéntricas y anarquizantes que magullan y conmocionan los repliegues de cualquier burdo entendimiento racional que apareciese, subyugados la lógica y el naturalismo mecanicista.

Ni siquiera en Whitman, maestro indiscutido de las cláusulas inacabables, se había escuchado tal explosión y derroche de belleza desbordante, tintineante y desencadenada, como en algunos pasajes de este autor. Pido permiso para presentar al menos una de "*Suicidio en el país de las magnolias*":

"Nuestros corazones como si hubiesen sido reventados por dos manos robustas ya no sienten pesar ni sienten una masa de aire apretando sus cuerdas contra un viejo aparato olvidado en la cocina del ilustre vendedor de cebollas cuyo nombre lo guarda una piedra a la orilla del lago donde los grillos las culebras y los cocodrilos tiñen la bahía de un encanto supremo." (Manteo)

Me temo que un solo ejemplo no baste. Perdonen ustedes, pero necesito traer otro fragmento, para goce nuestro:

"...la luz que hace cambiar los rostros y las formas es tan sólo mitad de lo que a solas por sí mismo perfecciona el suelo cuando vienen volando por el cauto abismo de su muchedumbre las lívidas palomas perseguidas por el hálito azul de la pedrada." (Kitty Hawk)

La longitud de la locución bien nos podría devolver, como salto de rebote, desde Whitman al legendario griego ciego (que es un origen); pero la inusitada aleación de los recursos y las conmociones que se desencadenan son muy privativas del poeta que ahora nos ocupa. Por regla general, la poesía es –y debe ser- extracto, condensación, compresiva unión de concepto y forma que apunte al destello puro (tal vez por eso recomienden la retórica y lo que podría llamarse nueva preceptiva el criterio de la economía de palabras); sin embargo, para un poeta de excepción, esto es sólo poste referencial. Obsérvese con qué destreza y grandiosidad maneja José Alejandro Peña la locución extensa: como si la palabra fuese un demonio que se desencadena, el brío de un caballo desbocado, o un disparo que avanzara incesante hacia un inalcanzable objetivo que progresivamente –y por magia- se alejara.

José Alejandro Peña saca también provecho, para encontrar su ritmo, de la asociación de técnicas tan diversas como el tono sentencioso, la incisión paradojal, la postura existencial, el hipérbaton, el mutismo y la aliteración… Esta última es columna fundamental de su estructura. A mi entender, la aliteración, igual que la rima, como recurso técnico, dota la expresión de una verdad ultra-sensorial que resbala sabiamente por los resquicios de interconexión entre "logos" y "pathos"; la aliteración, como la rima bien empleada, es una coordinación arbitrariamente intencional del lenguaje, que resulta verdadera como consecuencia del hacer y del actuar de una inteligencia impersonal y subrepticia presente siempre en toda acción comunicante, pero decididamente indispensable en la materialización del discurso poético. Tal vez la aliteración no sea sino una rima interna. Veamos:

"El oro y sólo el oro es puro para el hombre"
                                                    (Cóctel)

"Y yo urda el zurdo azar y arda"
  …………………………………
"Uña huraña que baña los relojes de fiebre y Palimpsesto"
  …………………………………..
"Por el lúpulo y el ópalo del óvulo marino"
  (Aullando solo…)

"Esa alegría dura lo que dura el durazno"
                                                    (Manteo)

Todo esto es relativo a su poética. En cuanto a su versificación *strictu sensu*, se exhibe una intencional distribución anárquicas de sus versos, con ánimo de romper la tradicional tipografía y distribución de la línea poética en el marco de la página. A veces pasa medalaganariamente del verso a la prosa poética en un mismo poema. Sin embargo, como ocurre con muchos poetas de nuestra generación (y en otros tan revolucionarios como Huidobro), el ritmo clásico está latente siempre, marcando el aire y los compases. Por ejemplo, abunda el verso abiertamente alejandrino:

"O la viudez de tanta / alevosía indócil"
(Eclipse)

"Todas las mariposas / se suicidan volando"
(Las semiverticales…)

"Jarra llena de efluvios / y muchachas con díscolos"
(Jarra)

"En su diafanidad / la noche es casi el día"
(Rodeo)

A veces un alejandrino un tanto velado:

["El oro y sólo el oro / es puro para el hombre] que"
(Cóctel)

También los hay endecasílabos, y muchos:

"Sin vendajes ni duelo ni corona"
(Epitafio…)

"Yo arrojo al viento pétalos maduros"
(El viento)

Todo lo que digo termina en equis"
(Cállate)

Veamos el endecasílabo llamado de gaita gallega, con acentos rítmicos en cuarta y séptima silabas:

"Hacemos síno bajár súbitamente"
$$(Jungla)$$

O a veces apoya su ritmo en pies cuantitativos a la manera grecorromana. En pies de tres emisiones o sílabas:

"Yo los mí / ro llegar / con la piér / na cubiér / ta de"

Y en pies de cuatro emisiones:

"Por el lúpu / lo y el ópa / lo del lóbu / lo marino"

Estas resonancias del verso tradicional no restan, de forma alguna, originalidad a la escritura alejandrina (es decir, en este caso, de José Alejandro), sino que la enriquecen. Su originalidad reside en el pulso de la emoción generada por la imagen virginal, y la imagen se genera por el conjuro de la desnuda palabra. "La palabra cuya pureza o impureza la capte sólo el viento descuidado." …Se me ocurre que quien dijera "No hay nada nuevo bajo el sol", posiblemente no haya topado con la escritura de José Alejandro Peña, ya por una trampa indecible del destino o por una conjugación caprichosa de las manijas del azar.

Leopoldo Minaya
New York, 2007

Azar y sueño

Manteo

Una mariposa ilumina el instante de todas las palabras.

Almorzamos un poco de agua salada con yerbas aromáticas y dulces.

Luego dormimos sobre el suelo entre cacas de mono y frutos mordisqueados.

Nos regocijamos por un momento largo que no puede ser medido o comprendido.

Nuestros corazones como si hubiesen sido reventados por dos manos robustas ya no sienten pesar ni sienten una masa de aire apretando sus cuerdas contra un viejo aparato olvidado en la cocina del ilustre vendedor de cebollas cuyo nombre lo guarda una piedra a la orilla del lago donde los grillos las culebras y los cocodrilos tiñen la bahía de un encanto supremo.

Hoy en la mañana
hemos decidido apartarnos de todo
con una compasión irregular
desconocida.

Sentimos el júbilo fugaz la mazamorra de un júbilo frenético y maldito: danzamos y reímos y orinamos y no pensamos nunca en nada.

Y no pensamos en más nada que en pensar otra vez
los pensamientos que pensamos y que más tarde
igual que antes nos dolerán lo mismo.

¿Para qué pensar y pensar y pensar? ¿de que les ha
servido a los hombres haber pensado en tantas cosas
cuando sus actos son deliberados y sus ambiciones
asquerosas no tienen fin?

Pero sabemos (y es un saber delicioso y funesto el que
sentimos) que esa alegría dura lo que dura el durazno
en ser difícilmente la mitad de un recuerdo.

Para que la alegría sea profunda
impermeable y dulce
hay que vaciar la mente
en un tinaco sin fondo
lleno de ratas agresivas y furiosas.

Para aprender de memoria
un silencio insondable
hay que poner la lengua
entre brasas de plástico.

Jurad jurad amigos
que nunca pensareis en nada
ni en las pesadillas de fermento ambulante
ni en la huella baldía de los días pares.

Que solamente reinará la palabra
que a ti y a mí nos dejan una música
y un sentido intransferibles.

La palabra cuya pureza
o impureza
la capte sólo el viento descuidado.

Pensar entre naderías absolutas
oh amigos
es como pisar el cuerpo inmóvil
de una víbora
creyendo que se ha muerto desolada.

Eclipse

Henchida por el cobre la noción pareja
de que todo gozo es sufrimiento
ardiente en oro trueca lo inservible
como si pendiendo de una misma suerte
el sol o el mar se terminaran.

O tal vez el polvo acicalado
en raciocinio bruto
o el perfecto nombrar
que antecede al rayo
o la viudez de tanta
alevosía indócil
no sean vestigio de certeza
o armadura
sino la ingente conexión
de irrealidad y espanto.

O tal vez el cielo
que dibujo con sangre primigenia
de algún dios encontrado
en una dimensión fortuita
guarde maternal
el corrosivo paso elástico
y el nombre de la amada
o los fulgores de su pie desnudo
porque en lo oscuro de la alcoba

todo se aventura
con pericia o efusión.

y todo ante los otros
se va a pique
o se renueva
y a los charcos de humo
acude el cielo.

Las lívidas palomas perseguidas

La bahía cercada por el rumbo
de las aves augustas
las que son un estruendo en órbita marina
ceden al rubor del agua de las fuentes
o en la huella robada al primer César
acumulan fulgores imprevistos
y collares de fuego y ámbar
diríase que mucho o poco queda a la rutina
a la fuerza que impregna de arrogancia
la felina mesura o limpidez flagrante
en que su sexo con saliva o néctares pomposos
alude sólo al alba atrincherada en goces
y reflejos mórbidos
en pétalos de loto repartido
en luces tan pequeñas
que aceleran la mente de la bella infanta
la que empieza a empollar su gema prístina
salobre o dulce y bárbara vendimia
en suave y amoroso forcejeo

aquí conmigo y por mi voz tan fija
y tan cambiante
su sexo que alborota y descarrila
el paso de los otros por el mundo
es una luz brevísima tangible
o dulce como una pulsación solar
como un eclipse apenas bosquejado

todo a la luz se debe
y todo pacta siempre con lo ausente
pues es la ausencia lo que da cuidado
a todo cuanto el hombre
dota de equilibrio

la luz
que hace cambiar los rostros
y las formas
es tan sólo mitad
de lo que a solas por sí mismo
perfecciona el suelo
cuando vienen volando
por el cauto abismo de su muchedumbre
las lívidas palomas perseguidas
por el hálito azul de la pedrada.

Origen

Primigenio asunto el querellarse a solas
con quien abre una brecha en limbo propio
por ingeniosa costumbre de perder el tiempo
el más gastado acercamiento
entre lo que se queda
y lo que marcha a la deriva
porque a la vez que el hondo
marchitarse de la rosa
y la forma perenne de lo abstracto
cumplen por rebosar no los enigmas
que se quedan solos frente a frente
navegando entre huesos inminentes
así como quien rema inexorable
entre grietas y grietas más profundas.

No los invariables sucesos que son nada
y siempre serán menos que nada
a cualquier hora
sino que cuando pasa el tiempo de una vida
y de otra y de otra y de otra
alguna cosa entre todas permanece

y vuelve como del centro
de la tierra el tiempo mismo
a volcar lo volcado en lo volcado
como quien va evocando lo invocado

en lo abocado
para hacerlo desembocar
en otra boca que se lleva el polvo
con intenso rodeo
y variaciones de luces y sonidos

pues no hay nada permanente
que no acabe tal vez como se acaban los
momentos y los años.

Cóctel

El oro y sólo el oro
es puro para el hombre
que teme lo contrario de sí mismo
y es contrario siempre
aunque maldiga y finja
lo contrario.

Que tu alegría sea como
minúscula burbuja transparente
y que tu vida entera la defina
el más raro deseo:

comparte tu pan y tu alegría
con los que no tienen alegría
ni pan.

Que si dura la vida un día largo
como una desgracia
o algo que menos pudiera
significar una esperanza

o algo menor que una esperanza
constituya un deseo

así como decimos que una masa de pan
es suficiente para una semana
de hartazgo con la vida.

Y que el suicidio es una flor
que abunda donde quiera
pero no todos alcanzan comprender
su belleza.

Entre hienas hambrientas

Para mí todo está siempre
al comienzo de todo
aunque todo se haya terminado
y yo me sienta huir
                          vacío
                  sofocado
            y ya marchito.

Ante una luz opaca y débil
una luz insustancial
como un desagüe
yo urdo el zurdo azar y ardo
bajo este cielo borroso
blando y sucio

con mi sombra mordida
y dislocada
este seguir aquí en todas partes
aullando solo
entre hienas hambrientas.

En mitad del infierno

Oh mujer diminuta y transparente
en ti todo es absurdo y absoluto
divagación y frenesí.

Absurdo absurdo absurdo
tú que habitas el alma
de una diosa
mujer salvaje a la que invoco ahora
cuando ya no queda piedra
para el eco continuo
              desgajado

ábreme el pecho con una luz informe
repleta de algún vértigo de pájaro

oh tú diosa de mis noches
perdidas entre insomnes pisadas
y ruido de ratones que pierden
el temor en nuestra sala sola
sola y vacía como un arbusto seco

tú que me calcas las sienes
con dos filosas piedras
dame a beber la sangre
de tus hijos pequeños
dame a beber el blanco chorro negro
de tus párpados blandos

dame a beber la baba coagulada
de tu sexo amarillo

mujer caritativa y dulce
que socorres a los truenos violados
en los trenes amnésicos

devuélveme el rocío de tu voz desvalida
tu voz que me refleja en las palabras
que se cruzan por dentro de tu abrigo
como fantasmas ebrios

devuélveme el sonido
de tu tacto imperfecto
en las noches de frío
y pesadilla

alivia con tu voz el desenlace
de mi voz en la piedra sin nombre
de esta llama

confunde el ser de tu palabra
con el ser de mis furias antiguas
ven
serena los tormentos del hombre
que pronuncia tu nombre
en mitad del infierno.

Por el lúpulo y el ópalo del óvulo marino

Por la urdimbre de la urpila
conmovida o desterrada
uña huraña que baña los relojes
de fiebre y palimpsesto

me sacan de mi oreja
por un glóbulo
me extraen cada latido
con un lóbulo
me infectan los pulmones
con el óbolo macabro de Caronte
me dejan en los huesos de la lluvia
la haloidea de un cadáver transitorio
y me dejan una "u" en la clavícula
la "u" cíclica del vaso de cicuta
oh la ululante u del esqueleto

hiedra y piedra en la roja garganta
de los pájaros

sombra y sombra hasta quedar aislado
enorme cúmulo siniestro
fértil relámpago de mi desamparo
sombra y sombra por mi voz a oscuras
cada día en una calle de mi país
me sacan de mi luz antifortuita
me entierran en el fondo del lago

entre chatarras y planetas subacuáticos
el lago negro que dibujo
en mi cuaderno
el lago vaporoso donde conviven
soledades hambrientas y uniformes

pero yo resurjo con mi voz recién lavada
por el lúpulo y el ópalo del óvulo marino
por el eco de mi voz el fuego vive
por los bordes del fuego y la lujuria
símbolos del agua y del ocaso
perpetúo granulados fémures arcaicos

y la ingenua anarquía de los arcoíris
entre un temblor y otro
se desgaja.

Sangre

La azucarada savia de las muelas
cubierta de una cáscara irrompible
acumula suficiente pus para nutrir
el hueco de las lámparas violadas.

La saliva sobre un papel rosado
al ponerse al sol se vuelve sangre.

Fetiche

Es la infame garganta de un gorrión sin ojos
la noche siempre dual como una albóndiga
se propone intuir los magros nudos
que abundan por doquier como fantasmas.

Nudos de baba y huesos derretidos
cuerpos que se yerguen para derrumbarse
sombras que se desgastan y se pudren
almas llenas de certezas idénticas
cuya realización concuerda
con la vanidad y el asco.

Bruma

Yo los miro llegar con la pierna cubierta
de gusanillos frescos
que luego son servidos
a la mesa de los banqueros
cuyas cabezas retorcidas y huecas
imitan el fulgor o lo náusea
de los huevos de avestruces enfermos.

Sus dominios están guardados
bajo las patas muertas de los escarabajos
entre la bruma infértil
y la sal de las playas aerofóbicas.

Las iras y los miedos

Etéreas son a veces
las rodillas roídas del macaco
prefabricado a imagen
y semejanza de una hipótesis
labial.

Noche tras noche modelamos
una translúcida escafandra para perro
que va soltando el pánico
al acercarse a su ladrido predilecto.

Etéreas son a veces
las iras y los miedos
del macaco.

El grito de la reina

La reina me ha besado
tiernamente los ojos
tiernamente sus besos
me recorren por dentro.

Un ruido me despierta
de un sueño
que no he soñado nunca
en el cual por descuido
el rey decapita a la reina

y la cabeza de la reina
en el suelo sin sangre
abre los ojos y grita
mi nombre con celo
con rabia nocturna.

Mi nombre escabroso
y lejano
ríspido y sobrio
como una enredadera
se escucha en cada cuarto
de cada laberinto
en todos los planetas
habitables.

Pesadilla

Estoy entre el hueco de un muro perdido
nadie oye mis gritos silentes o exangües.

Puedo verme a mí mismo
buscándome en otro lugar
del sueño
donde alguien abre
una puerta invisible
que conduce a lugares desiertos y fríos
llenos de personas incautas o graves
que sueñan sueños monótonos.

Veo enormes y blancas libélulas de cera
que se alimentan de mis pesadillas.

La cabeza de la reina

La cabeza de la reina
es un poco de humo.
La cabeza de la reina
es un dado marcado.
La cabeza de la reina
ha rodado en el limbo
de mármol finísimo.

me llama con ojos llorosos
su breve voz se hace todavia
más pequeña.

Las torres se impregnan
de lluvia infinita
y una flecha infame
atraviesa mi frente.

Es una brasa fría
penetrando en la luz.

Yo la sigo besando
hasta que se vuelve negra
la espumosa sangre
en su vestido escarlata.

Desde el umbral del sótano

Escucho la voz escurridiza
de mi amada
que llama desde el umbral del sótano
su voz se descascara en la escalera
como rostro de niña persistente
que acaba de parir
en nuestra cama
una libélula rosácea.

Los ojos de la reina parpadean.

En esta caja de cartón
guardo mis cenizas
de otra vida.

La habitación

Alguien en la penumbra
descifra el desaliento
que nos inventa el viento.

Más allá de este instante
mi nombre hace vibrar
las piedras.

Una voz de mujer
lo ha susurrado.

La habitación muda o insomne
reordena y perfecciona
mis ansias de equilibrio.

El crudo fuego del amor

El suelo gira sin propósito
ante aquella presencia
insospechada.

Ella se sienta al borde de la cama
pronunciando palabras imprecisas.

Sus ojos se quedan fijos
mirando cómo el crudo fuego del amor
devora nuestros cuerpos.

Me es tan necesaria su palabra
que para retenerla intacta
en mi interior
he mordido su aliento
entre un cántaro vacío
y una alondra que vuela.

La reina

La reina está peinando
su larga cabellera
ante un espejo omnívoro
cuya claridad se ha desbordado.

Deshace lentamente
los nudos de mi nombre
o el nombre de una piedra
que me dio su acento
su palpitación o su dureza.

La reina se sienta en mitad de la cama.
Está desnuda y arde
clandestino follaje ensimismado.

La reina me ha besado
tiernamente los ojos
tiernamente sus labios
a mis labios se alían.

Un ruido como de agua o brisa
intenta desenrollar la noche.
Ese ruido continuo
reducto de mi muchedumbre
inmensa muchedumbre
de mis yoes caóticos
se pudre como un odre.

La dócil brisa de la noche

Por las calles angostas
y empedradas de Quebec
bajo la quieta llovizna de febrero
van nuestros cuerpos tiritando de frío.
Nos detenemos un momento para abrazarnos
nos juramos un amor extensivo y solitario
extensivo como la piel blanquecina de las ratas
y solitario como el olor a limpio
de los cuartos de hotel.

Las casas se cubren de una luz transparente.
Los hombres van como bultos de piedra no se
sabe adónde.

Una pequeña llave hace girar
la vieja cerradura de la puerta
y entramos.

La casa huele a pino nuevo
y a achicoria.

La dócil brisa de la noche
nos estrangula y desuella
coloca en nuestro pecho
un largo aullido espeluznante.

El puerto abandonado

Los ojos sin color de las niñas intactas
joviales y risueñas volubles o resueltas
trágicas calladas pensativas
miran y miran y miran
como buscando ruinas
en los cuerpos vacíos
de los hombres.

En la frente de la infanta que amo
un ojo enorme oculta su color.
Solamente las ventanas permanecen abiertas.
Juntos atravesamos la arboleda
más abajo está el puerto.

Allí nos perdemos
entre vagones sucios
pelusas de algodón
y boñiga de cerdo.

Rompecabezas

Eres precoz y delirante
como el caparazón de los cangrejos
leve y transparente
como una oruga orgásmica
enjuta y peligrosa
como un parque sin gente
dichosa y familiar
como un rompecabezas
fértil como una uva
rara y decisiva como una cueva.

Tu poca edad me brinda
gozo y calma
y algunas noches me angustia
la virtual amenaza
de esta ciudad estéril.

Mas a ti tengo
y por ti lucho
contra linces de hierro
y gigantes atroces.

Como pluma en el viento nocturno

Sufro cuando te apartas
para vivir al margen de las estaciones
al margen de los hombres ojerosos
que malviven
planeando un reencuentro contigo
en alguna ciudad amarga
amarga y sediciosa
como el pan de los muertos.

Ven
regresa con el hombre
que te dio la vida
ven que cada instante lejos de ti
me está secando el cuero
ven tan levemente
que nada a tu paso se resista
ven como pluma en el viento nocturno.

Desgárrame el pecho
con tu lengua partida.
Conmigo estás a salvo
de ti misma.

Con otros hombres
tu vida será mala.
Dormirás con los ojos abiertos
deseando la muerte.

Dormirás sin soñar
como duermen
los ángeles sin ojos.

Luciérnaga

Entonces
la viscosa risa de los lavabos
hace que el sueño que no he soñado
se repita eternamente
en la vida de un hombre parecido
a un puñado de moscas disecadas.

Ese hombre
cuyo nombre es una grieta en el suelo
igualmente quisiera que la reina
decapitara al rey
con la ternura de un canto de luciérnaga.

Todas las ventanas
se parecen al cielo

Todas las locomotoras se suicidan al alba.
Todas las mariposas se suicidan volando.
Todos los reflejos caminan de puntilla.

Todas las sensaciones se toman por los codos.
Todas las apariencias tienen una misión
suicida.

Todos los carceleros se parecen
al cruce de los caminos
en las afueras de mi país natal.

Todas las ventanas se parecen al cielo
cuando no hay nadie más
para mirar hacia dentro.

Whisky para van Gogh

Whisky para van Gogh –dice
la cazadora de humo en espiral

apozando saliva y eufemismo
y sintiendo un aire más caliente
entre sus muslos.

Whisky para los eremitas con binóculos
y ramitos de araucaria y abalorios.

Whisky para los marineros de barba podrida.
Whisky para la mucama del centauro de ónix.

Whisky para el desesperado
y su misión y su cíngulo.

Whisky para los tulipanes amnésicos
que deambulan dentro de las pupilas
del obispo
que tenía (y tiene)
un dientecito de mica
y una puerquita de su propio uso.

Whisky para mi efervescente
acontecer sincero
al ras de un alabastro
y de un tiovivo

al ras de un benteveo
con marsopas.

Whisky para el simulacro de la evasión
y para que haya un día de más
en la vida de alguien que no soy yo

pues para mí no pido sino el infierno
tal cual lo conozco de antemano.

Azar y sueño

A Leopoldo Minaya

El azar tiene un zapato perdido. Sueñas.
El azar tiene una vena iracunda. ¡Bravo!

El azar es el nombre
de los estertores de los edificios
y de los aparatos de demolición
de nuestro siglo
y de nuestra infancia.

El azar es la llama de agua
que afianza la certeza de lo múltiple.

El azar tiene colmillos herrumbrosos
y cabellos de arena y pies de nube.

El azar es la sangre
que baja del cielo.
El azar es la sangre
que corta el cielo
en cuatrocientas
partes idénticas.

El cielo nada tiene
que ver con el cielo
ni la nube con la nube
ni el azar con el viento.

El cielo una corneja

Sombra de los alcotanes

Únete a mí
sombra de los alcotanes ominosos.
Únete a las raíces rotas de los rascacielos
que siempre están pensando en el suicidio
de los hombres piadosos
cuyas almas se cansan de subir
por los muros de las hojas podridas.

Únete a mí pequeña llama desbordada
y deja que tus muslos se ensanchen
como las palomas
o absorban como las culebras
todo el calor del día.

Hace tiempo que vivo encarcelado
en las horas sin pausas
en las incisuras de las avenidas
y de las licorerías amalgamadas

subiendo y bajando cada día
este mismo ascensor
subiendo y bajando cada calle
hacia el oeste y el sudeste
buscando como todos
un punto fijo en la memoria
unas cuantas horas de retraso
en la vida de cada transeúnte

un poco de calor
que me dure seis días o seis meses
y luego pagar con brasas
lo que el mundo nos cobra
por el aire respirado
a final de cada tarde.

Las huestes del milano

Oh tú que tienes mi memoria
mis instintos de antes
del comienzo de marzo

tú amada mía
prisionera del nombre
de los artefactos
y de los espejismos

rescátame y olvídame
alcotán del litoral desvencijado

isla que yace dentro
de los huevos de araña
en las cuencas de los ojos
de todos los turistas
que ponen sus pies recién lavados
en el pecho de las fieras dormidas

deja que mis fuegos te cubran
y penetren al fondo de tu carne

oh hueso de mi antártica desidia
con el párpado infecto
y el oído del agua de las playas

con muertos temblorosos
que unen sus pieles acabadas
a las piernas de las damas intensas
que adoran a las huestes del milano.

Miseria

A las torres vendadas
como brazos de arcángeles
se unen los halcones de óxido fortuito

y la miseria no es menos
que las patas delgadas
de algunas aves viejas
que se aburren cantando.

La miseria se une a la miseria
por una cola de demonio hiperbólico
como un vaciado de las vísceras
del humo de las fábricas.

Por eso
aunque llamea y me desquicia
lo hiperbóreo
          lo absurdo
                    lo inmediato

el amor me destina una vida excesiva
entre la sal y el hierro avergonzado
por un estremecimiento sin orillas.

Las nubes de antaño

Las nubes fabricaban
huevos anacarados
claraboyas incestuosas
y clavículas de perro.

Con un martillo grácil
y tres clavos
podríamos reconstruir
las miradas
que pierden sus puntos
de amarre.

Las nubes (aquellas nubes
de antaño) tenían sus casas
debajo de las rocas
en un paraje despótico
y ausente
que no sé por qué
lo llamo patria.

Patria sólo del humo
y la malaria.
Patria sólo del yodo
y la miseria.
Patria o tal vez dolo
y contingencia
o acaso nubes rancias

y recuerdos fatuos.

Que las nubes
las andrajosas nubes misioneras
las que tienen los huesos quemados
y la piel denostada
sirvan de sostén
a los pasos del hombre.

Lodo

Habría que llevar la contraria
al viejo lobo de las apariencias
dejar que nuestros miedos
se mezclen con el lodo
en los vasos de leche
de los manantiales
que corren por las venas
　　　　　de los pájaros.

Habría que dejarse seducir
por el señuelo de la mala suerte
y untar a nuestras pieles
la honradez del molino

y no decir a nadie
lo que esto significa
ni lo que esto se propuso
al final de cada día

porque el lodo tiene
nuestros corazones adheridos
al fuego de todas las caricias
　　　　　profanadas.

Luna

Detrás del arcoíris
que funda ciudades clandestinas
la luna con su náusea
y con su lógica
arañando los setos del hastío

la luna con sus dientes
de cáscara de fuego
la luna con sus huecos
pintados de amarillo
la luna que te cuenta
sus palomas de amianto
sus fósiles lebreles degollados
y cuyo grito se clava en las pupilas
de los hombres de antaño
como si en vez de arena
tuviera en cada hueso
pelusas de barco naufragado.

La luna pálida en lo alto
nada espera
y sin embargo
se desfondan los pechos
de las damas crueles
de las niñas huesudas
que tienen dos alondras
ahogadas en sus ojos

y un velero de aquellos
que regresan del fondo
de los ríos tropicales.

La luna que yo canto
es la que intuyes
cuando mezclas
tu lengua embalsamada y rota
a las vísceras del monte

la luna que yo pienso está suspensa
en una venita de color naranja
como los hilos que sostienen las islas
que se caen de lo alto
como si fueran sólo asfalto y cocotero
como si fueran sólo piel tostada
por la angustia de siempre.

Yo sé que cuando digo luna
sólo entiendes aquello
que entendieron los griegos
que cantaron al mar
y a la lujuria de los dioses hirsutos.

No. Yo no canto a esa luna
dominada por el eco
de la lluvia desvelada

que los hombres terminan
apagando en la superchería
de los ceniceros.

La luna que yo canto
es la luna del hombre agonizante
la luna de los asesinos y las fieras
la luna de los niños sin zapatos
la luna que nadie puede ver
sin evocar lo otro
lo que sólo es alcanzable
con un grito profundo
y milenario
que duerme
en los objetos invisibles
en las camas de amantes
torturados
con una pluma imbécil
que cayó del cielo.

Burbujas de colores

Todo empieza con el sol
que es una mosca prensada
con un alfiler
así el poema reduce la emboscada
de los pinos torcidos hasta el suelo.

El poema
cuyos laberintos
semejan ventanas
o manchas de sangre
y profecías incumplidas

es un final de cuerdas
caminadas en juegos
de acrobacia

por eso
cuando el presagio
de las amapolas
se cruza con fallebas
de hirsuta corrosión
cada uno precisa del silencio
para hundirse más temprano
en la superstición
de los números pares
que dictan a capricho del viento
befa y bálago

burbujas de colores tan reales
que podríamos vivir dentro de ellas
proponiendo ciudades antagónicas
de rojo calcio rancio y nadería solar.

Cada uno de los hombres que conozco
vive encerrado en su propio desencanto
sin ver el desencanto de nadie más.

Soliloquio con Antonin Artaud

¿Dónde están mi corbata raída
mi zapato enlodado
mi sombrero de antaño
mi camisa estrujada?

¿Dónde están mi reloj de pulsera
mi máscara de neón
mis calzoncillos de herrumbre?

¿Dónde están las medias blancas
comidas por las ratas del manicomio?

Las he buscado todo el día
                          todo el día
durante muchos años
pero ahora recuerdo
me las hicieron tragar con mis vómitos
del mes anterior.

Los perros psicodélicos

Veo a los perros comiendo
testículos de ángeles
en una plaza donde hay
orangutanes platónicos
murciélagos lascivos
y sexos de madres intensas
que piden a los transeúntes
la uña perdida de
                    Lautréamont.

Homenaje a Marcel Duchamp

Hay cientos de mujeres por todas partes
a todas horas inconclusas
cierran o abren las piernas
con delicado fervor.

Viven en el mismo país que las ánimas
y se comen los dientes dinamitados
de los hombres que se amarran al hígado
una vaca partida por la mitad.

Al día siguiente la mujer del zócalo
se despide del superintendente
de una pajarera del trópico.

En ese momento llegan dos niñas cojas
cargando un ataúd.

Se miran y salen volando
por una hendija del cielo.

De las mujeres talentosas

De las mujeres que vienen al parque
una hay que se empecina
en pasar desnuda
por un estrecho aro de fuego
sin quemarse.

Repite una y otra vez su hazaña
y la gente la ronda para verla.
Se emociona y le deja
en una cajita de cartón
unas monedas para el día.

La mujer sonríe agradecida
suspendida de un rojo manzano
cuyos frutos maduran
con la velocidad y el calor
de los aplausos.

Los suicidas

Una mujer traslúcida
con túnica de oro
brazos y piernas de oro
ojos de oro y palabras de oro
se sentó sobre el aire
que también es de oro.

Es la diosa del oro
que viene a hacer
favores inmortales
a los hombres quejosos
y tristes.

Estos hombres terminan
suicidándose
con una moneda de cobre
entre los dedos.

El sermón de Afrodita

Unas mujeres muy blancas
de irascible concordia natural
escupen una flema verdosa
que en un instante se convierte
en oro macizo.

Las otras mujeres echan al pozo
la cabeza del dios-lince
quien así en un sueño
lo dictara a su cocinero
de algas venenosas.

El hombre-objeto
que ha escuchado
el sermón de la diosa Afrodita
se ha ido reduciendo
de tamaño
y ahora es un artefacto
para el disimulo
un artefacto natural
desde luego.

La familia

Una mujer verde atraviesa la plaza
arrastrando a un niño verde
que va cambiando de color
según agudiza su tormento.

La mujer verde se ha comido los trozos
del hombre verde
que pendía del techo cabeza abajo
sin sangre.

En ciertas noches
hemos visto cómo
la luna de los glaciares
se disfraza de pájaro

un pájaro cuyo canto
acentúa y despliega
el color verde.

Peligro de extinción

Todos hablaban de injurias y refinamientos
menos la niña de los tomatones
la que tenía el sexo como una perita
que apretaba el corazón del demonio.

Antes no fue sino la mucama
de un traficante de yodo y mercurio
vestido de oro como un emperador
pasaba horas cavilando
por las orillas del río Ozama.

Tenía el corazón descolorido
así que él mismo lo pintó de verde
porque no hay mejor pigmento
que el óxido de avellana
ni mejor lubricante para alisarse el cabello
que el extraído de los colmillos afilados
de una morsa blanca.

Para evitar la congestión
y los gases tóxicos

La damisela de cuarzo
detrás de la puerta sin pulir
con un cuchillo largo y recto
abre en dos el aire
y entra.

El ocioso camarero del hotel
vino a contarle
que el mundo se había terminado
pero que todavía quedaban algunas
hamburguesas sin colonizar
que por favor abriera un poco más
las piernas
para evitar la congestión
y los gases tóxicos.

Las matemáticas oníricas

Vino el ruiseñor con su pausa indeleble
desafiando al espectro de su aula magnifica.
Vinieron atómicos conjuros de glicina
a inaugurar las plazas y los templos
y vino el ruiseñor con su pauta estrambótica
a diseñar un canto de trueno y pesadilla.
Y así las matemáticas oníricas
del viejo sermón
se convirtieron luego
en el mal de nuestro siglo.

Al dorso de las alas del cuervo

¿Para qué seguir siendo
ese trozo de lienzo
bajo el agua podrida?

Al dorso de las alas del cuervo
al dorso de la libélula del labio
al margen de los sueños
que se rompen
la cajita negra
las velitas blancas.
¿Para qué seguir siendo
la inquisitiva partitura
el número y la fecha
el equilibrio que ya no tiene
nuestro deseo?

El ogro

En el aislado llanto de las fieras
de la comarca de los hunos
el príncipe fue devorado
por una loba áurea.

El cielo era una franja negra
en el pecho de las mujeres altas
todas seducidas
por las nueve vueltas
de la serpiente en el brazo gordo
de Atila
a quien abrieron el cráneo
con una pluma de avestruz
para sacarle filo
a un pensamiento oculto.

La condena

Cada palabra desarrolla
la condena del otro
que yo quisiera ser
cada vez menos

pensando en la cadencia
que fulmina
el diente romo y negro
que va de lado a lado
buscando su firmeza.

Sólo es firme la palabra "chicle"
cuando hacemos volar
a las palomas
en los cuadros de Cándido Bidó
o en las cunetas donde suma
el lagarto veinte momias
y el martirio se llena de baúles.

El mono silogístico

En casi todo impera lo vacío
menos en una rata rancia
que se llama torso
y luego desabrido y luego
paleolítico

¿o no se llama "llama" la llanura?

Se descolora el cielo
como una mujer muy bella
que nadie ha visto.

Y en la hora que abisma
cuatro candelabros vespertinos
cabe esta pausa de dos metros
y mi nombre y el recuerdo olvidado
de mi nombre
que no menos agitarse puede
entre burbujas.

Se desprende otra vez el cielorraso
y lo que había sido para el mono silogismo
sigue siendo otra cosa para un mono de
menos años.

El desvelado

He pasado estas cuatro semanas
recordando las noches de opresión
y soledad
en la antigua ciudad del laberinto
donde las liebres tienden trampas
a los ángeles
ciudad pequeña y sucia
donde he visto morir a mis amigos.

Cada vez me siento al borde
de esta piedra
y siento sed y asco por la luz
del sol
que abre mi frente
para entrar a mi cuarto
a suicidarse.

Los suicidas inventan el olvido
con hojas de eucalipto
y ya en el alba
se vienen a morir
sobre esta piedra en vilo.

El cielo una corneja

El cielo ya no está tan bajo
como el jueves de la crucifixión
anterior
cuando hasta los niños de mi edad
podían tocarlo casi con mi mano.

No ya la luz
el misterio colgando
de mi ventana
como un trapo viejo
de van Gogh.

El infinito sólo tiene falsas
puertas de acceso
y un *hall* vengativo hacia Dios
pero no tiene sangre de camello
para cruzar el desierto
ni tanta piedad que hiele
doce vasos de sed.

Cada hombre con tal
desprecio simultáneo
transforma el paraíso
en espejito de amaranto
simulando un ascenso
inaudible
de áspid manso.

Los ángeles rugen
dentro de las botellas
de vino
a las que todos
por turno
venimos a orinar.

Catarsis

Catarsis

Estoy en Rusia el país de los malos
en una calle angosta del fin del mundo.

Tengo la piel comida
de los presos del norte
y una ambición de gloria
y pacifismo
que no conoce el hombre
de estas tierras.

"Catarsis" llaman los sabios judíos
a la serpiente que muerde mi corazón.

Catarsis
el viento abre en la piedra
un camino difuso.

Catarsis
todo lo pongo en la palabra "furia"
que es palabra inconfundible
por lo breve y por lo amplia.

Catarsis
yo rearmo con luces de otro siglo
la instantánea muchedumbre
de todo lo salvaje.

Ve regresa

Para hacer bolillos de lodo esta mañana
me basta no tener que hacerlos muy de prisa
no hay manchas de la cual
colgar tanto abandono.

Para ser puente que nadie cruzaría
sin mis piernas
sólo me basta seguir el sendero
que los otros eligieron para mí
en sus sueños.

Ve
regresa a tu silencio como de
una batalla que ganaste
                dormido.

Jarra

Jarra llena de efluvios y muchachas
con díscolos colmillos de culebra
y mucho sol y mucho aire apestoso
y alta fiebre en los muslos rasurados
con precoz sedición y jadeo.

Esto es el trópico y esta es mi canción.

Bebamos la radiante desazón inclemente
el hipido de todas las crudezas del espíritu
el vivaz brutal deseo y tarambana
que destemplan el nervio azul del día
mordisqueado esqueleto de las rosas domadas
por el látigo.

Bebamos amor mío la cicuta del diablo.

Corre vaquita

Nada explica este transcurso unido
a medallitas de fijo paso agónico
que aleja su variable desamparo
y toca con la espada el fondo imaginado
en los relieves inexactos de cada
objeto ido

oído en la cascada
como pulga que aplasta el pie desnudo
porque avanza tan sólo eso que queda
en su trayecto a media revisado
por los globos del número
y la forma revela sustancioso despilfarro
que la palabra renueva con lo opuesto
de su realidad

única múltiple
desde el granizo
y la pendiente
de no
de nada.

El vendedor de biblias

El cielo cayó sin romperse junto
al toldo de la iglesia vecina
y la brisa lo deshizo como cuervo.
Los piratas que fingen bondad
recogieron las migajas
e inventaron modos de salvación.
Yo me entretuve con juegos
de salvaje carpintería escolar
junto a la iglesia de Satanás
el administrador de una tienda
de biblias donde todavía se hacían
las confesiones inmoderadas
de tantas cosas bellas
que uno se reprocha en privado.
Yo miraba hacia arriba buscando una
respuesta de la lluvia. Pero el sacerdote
era muy sabio con sus cuentos a medio hacer
por eso hablaba siempre del perdón
como de agua estancada.

La nueva inquisición

Vender el cielo inmóvil
por un pedazo de suelo
sin labrar

vender mis venas mínimas
mondadas por el sol
en primavera

vender vendas de lino
como quien vende pescado
en una playa

¿a quién vender mi vida como un lujo
festivo que no le sirve a nadie
ni para compensaciones más o menos
agradables?

el color naranja de la lluvia
en mi ojo izquierdo
repasando los charcos que se forman
con la sombra de los árboles en junio
acentúa la tristeza de los hombres.

Mi ojo izquierdo
siniestro como el pan
gira como una cicatriz
en un espejo.

Las mujeres sacan a solear
gotas de lluvia en un lugar lejano
donde venden la bola de los ojos
de náuticos bribones tan lucientes
que se opaca a cierta hora
el bello orfelinato donde suelen
engordar algunos pájaros enormes.

Sacan a solear a los patios herbosos
el pelambre de mono de algún Hércules
guillotinado por los viejos quejumbrosos
de la nueva inquisición.

El matamoscas

Una camisa de fuerza muy debilitada
para estarse muy quieto bajo el
matamoscas de Alejandro el Grande.

El sol se ha venido a posar en la punta
de mi nariz.
El sol es solo agua removida por el viento.

La pradera se vislumbra desolada
sin sol de palinodia y sin ojeras
que parecen máscaras o esbozos
de la cuenca de los ojos de las moscas.

Hay moscas que almacenan huevos
en el esqueleto de una abeja ciega
o aciaga y decidida como un protozoario.

Hay caballos de una sola pierna
que suelen correr cuatro veces más
de lo que un caballo de seis piernas.
Pero nadie los ha visto este día.

Mañana te traeré algunos trozos
de caridad
con los que se puede hacer un caballo
de verdadera fortaleza.

Ea Mallarmé

La vocecilla
del añoso Mallarmé
rebosa el vaso roto
en que bebemos
              distantes.

El agua se despide
de la imagen
que puede reflejar

pero la imagen
que eleva
viejos puentes
no es sino sustancia plena
mordedura de víbora
pantano y oro grueso
paja y vino

y la corona que dejo en
tu cabeza acalambrada.

Cobardía

Masticamos demasiado despacio
los huecos de las caras
de nuestros amigos desahuciados

y hablamos de lo mucho
que nos ha dolido
haber callado siempre

pues morir en medio
de las multitudes
después de un gran
silencio aterrador
¿de qué nos sirve?

¿de qué nos ha servido
contemplar una vida
que no supimos defender?

Vanidad

Una pausa se agranda
en las ventanas
como un monito cojo
mal forrado
a plena lluvia

y su alma es toda sol
un sol soldado a los sobacos
de otro sol sin tinta

distinto como extinto laberinto despintado
despintado como dado quisquilloso
quisquilloso a extremo del patíbulo
con la sed ermitaña de la araña
tejiendo en un vasito con hielo
el alma medio loca del cangrejo.

¡Whisky!

Calor de momia de mis trajes albinos.

Cifra tu vaporosa
metafísica escindida
poeta de hondas clavículas
y voz de muchas lluvias
que no cayeron pronto

planta tus remolinos
sobre las bellas cúspides
fortifica el espanto
de las promesas incumplidas.

Evádete un instante
de los cobres gastados.

Echa tu sombra
al fuego discordante
colma tu acento
de contrastes de fuga
        v a n i d a d .

Lumbre

Lumbre

Cuando el aire se agota
y ya no hay leña
para encender la fogata
de ladrillo
ni legumbres ni huevos
para el almuerzo
ni dinero para comprar
un poco de alegría

cuando todo alrededor se torna
desesperante o difícil

ella me mira con serena emoción
y me pide que no la deje sola
que me abrace a su cuerpo
como a un sueño.

La progenie sublevada

Los pedazos de aire
que me faltan
la luz que dura poco
y se reciente de la lluvia
de los años
de las uñas amarillas
de las piedras

madrépora cansada de cargar
tanta espesura
tanta podredumbre
y tanta idolatría barata
tanto miedo ante las nimias
certidumbres devastadas
tanto odio y tanto desamparo
ante tanta arrogancia
y servidumbre.

Ante tanta doblez
y tanto lodo
está la sangre huera
adormecida
por un rumor
que agobia y alborota
por un mal que viene acontecido
en sus redomas
de opresión y disimulo

en sus modos de atar
brazo con brazo
a tan indómita
progenie sublevada.

Contraste

En el pasillo donde el aire
es todavía fresco
se oye cantar al espectro
de la que fuera
en algún momento extraño
cascarilla de uña de tritón.

Está frente a la puerta
que conduce
al punto de unión
con el desplome
de un bello edificio comercial.

El viento revuelve mis cabellos
los pájaros hacen sus nidos
entre mis párpados resecos.

Así sucede

La muerte tira
de nuestras camas
por debajo del muro

yo te sueño tatuada
en el desvelo

el corazón tiznado y hueco
como un disco que ya
pasó de moda

grito hasta que el cielo
se desprende
y se desgrana

todos sus pedazos
son nuestras canciones

el viento hace que el mundo
se mueva más de prisa

como tu corazón ardiendo
la dura tierra yerma
aprende a cantar
transparencias

lo que amas
te hará caer al vacío

hoy me vienen
unos pequeños
abismos de cera
coagulada

tal vez por eso
se pudren
en el cuerpo
de las aves
todas las almas
que habitan
en las piedras
y en las raíces
áridas del mar.

Moraleja

Entre piedras y huevos
de ángeles de una sola
costilla
entre sermones rancios
y servilletas mojadas
entre el tumultuoso
forcejeo de las luces
que hay que fundar
más allá de estas tierras
así lo dicta el trueno
disfrazado de alquimia
y así mi voz
molicie de lo antaño
impura como el óxido
de los párpados

impura y desatada
como un cráter
escrupulosa y ágil
e indomable
como un adalid
como un azor.

Cuidado: el desencanto
suele ser demasiado correctivo
para las intercepciones
de la médula del fuego

cuyo espíritu
el vértigo conecta
con el vértigo
para desorientar
a las palomas asesinas
que ni en conjuros
ni en razón
igualan los efectismos
de la rosa.

Ritual

Hoy el poema suele ser
distintamente musical o afónico

bravo bravo

hoy el poema termina
con un aullido intacto
con un fervor celeste
o con un nudo
con un botoncito rojo
que hace estallar la realidad.

Algunos silencios
perturban demasiado y sofocan

el poema es gestual
como un paraguas

bravo bravo

el poema da nacimiento a la palabra
que lo hace nacer de padre y madre
funesto

por eso no se escribe
en las playas
el nombre de las olas

por eso
porque obliga
a repensar las partes
blandas del espíritu

el poema es siempre más
situaciones de la realidad
que pretextos y vagos rodeos

el poema es una vara larga
para medir el tiempo
de los hombres

el poema se cansa demasiado
y tarda demasiado

el poema es una casa
con muertos instructivos

el poema es un ritual
con ángeles ahogados
donde no cabe Dios
ni cabe el Diablo

bravo bravo.

Quimera sobre un puente

La inquietante superficie del agua
que incendia tus palabras
como piedra
quimera o remolino sobre un puente
tal vez por el reflejo de los pájaros
que beben nuestra sangre y nuestro sueño

tal vez por el destello de los cielos
cuya médula
absorbe nuestra plétora divina
con tal circunspección
con frenesí con vasallaje
o confidencia hipócrita

saca de todos los recodos
el sucesivo ser de tus dilemas
trampa de la obsesión y del delirio

allá donde termina el mundo
y no se sabe
qué promesas qué símbolos
qué clase de camándula o de trino
te hicieron cambiar de máscara
y de pánico.

Ocasión

La muerte no se parece a nada
ni a la lluvia ni al eco de las olas
ni a los dinosaurios ni a las mariposas
iridiscentes
ni a los prestidigitadores del verano
ni a los vendedores de latas de sardina
ni a las mujeres vulgares o sutiles.

La muerte no se parece
a nadie los domingos
ni antes ni después de este poema
en el que yo estoy solo o con alguien
que sabe lo que callo y lo que digo.

Los marginados

Poesía de enlutados dedos
diafragma de carbón o nube
emblema de los marginados
oro sucio
párpado herrumbroso
voz tiznada de difícil blancura

Compréndelo amor mío
somos los marginados de la tierra
vivimos arrinconándonos
en una libertad
que el mundo no conoce
ni comprende.

Estoy hastiado de colores claros
estoy hastiado de la ingenua
mansedumbre diurna.

Poesía de enlutados dedos
apártame del huero facilismo
con que ufana acaricia la luz
el cráneo deformado del poeta
satisfecho orondo como el cielo
de montaña
delirante pacifista y melancólico.

El murciélago kantiano

Allí adentro está el tórrido
murciélago kantiano
masticando su propia lepra diaria
con pose de novelista
de cafetería al aire libre
con una moral de crítico literario
que simula decir lo que calla
igual que todo el mundo
pero él es un científico beatífico
de la literatura
o algo peor ¡quién sabe!

un hombre de mucha higiene
no se puede reconstruir
con bagazos de caña
un edificio se puede demoler
con medio suspiro a la deriva

allí adentro de todas las raíces
todos mis presentimientos
todos mis acontecimientos
todos mis derrumbamientos
son más puros que Dios

y yo estoy afuera con el mundo
pensando en qué pensar después

cuando me haya desligado
de mis pensamientos
cuando me haya arrepentido
de vivir cada día
del modo más insolente
del modo más vil
del modo más irrisorio y fatal
del único modo que se puede vivir.

La palabra inquietante

Yo no digo nada que no haga
cambiar el curso de las cosas.

Si digo muerte
es para ocultarme
de mí mismo
o en la muerte cubrirme
el cuerpo de palomas.

Tal vez lo que es inquietante
de veras inquietante
no se dice con las palabras
pues ninguna palabra
es demasiado ella misma
por eso necesita de las otras
palabras para cargar
con los despojos
y las mentiras.

Yo hablo para que al fin
ocurra algo que cause
pavor de verdad
o ilumine secretamente el
corazón de las bestias.

El sentido de la repetición

A todos di la suma
de todas las claves.
A todos di una luz
que faltaba en las rutas.

A todos dije una verdad
impuesta por la duda.
A todos dije mil veces
una misma palabra
hasta que al fin
comprendieran el sentido
de la repetición.

A todos mostré
mis pensamientos
como hebras de hilo
que no se enreda nunca
en nada

caprichosamente
envilecidamente
aturdidoramente

mis pensamientos
los hace rebotar
de pared a pared
a cada instante.

Por eso y por eso y por eso.
Porque si callo es para siempre
y si digo lo que digo lo digo
para siempre.

Despojo

Una selva apagada
en mitad del sollozo.
Mi novia con un anillo de piedra
en las astas del polo
masticando con desdén
la música bordada
a sus cabellos
con hilos explosivos
que guardan al fondo
de sus cruces
mis besos expatriados
mis jamases carnívoros
mis dedos que dicen
a la par "ábrete un poco"
a esa forma intangible
que no conoces
esa forma de decir lo mismo
para nada
para que se abra más
y más la noche
y el día termine en la bañera
ahogado.

Al vaivén de la hoja cortante

Cierra tus ojos a la insaciable
parsimonia de los relámpagos
al vaivén de la hoja cortante
al gesto de una caricia despoblada
en mitad del recuerdo
en mitad de una noche de estertores
deseada bajo la piedra demolida
de tu nombre
la brizna nace
de tus pestañas ebrias.
Cubre tus oídos
con algodones y brasas
adorna tus cabellos
con palomas ahogadas
y ve de prisa adonde quieras
con tu pijama rasgado
ve desnuda por la incisura del súcubo
adorna tu peinado con pericardios
y cataclismos.
Apártate de todo hasta que todo y nada
signifiquen sólo tu unidad perfecta.

La navaja oxidada

Sentimos una selva de gritos
en la córnea del cisne.

El cisne que encubre el geranio
de piedra en mi sangre.

El geranio que asfixia
la sensación del vacío
cuando mi novia amoratada
pálida y sagrada
calla mientras canta
canta apretando los dientes
y sangrando y muriendo
y volviendo a la vida.

Se abisma y fosforece
se desuella para mejor arder
en esa llama imprecisa
que seduce y dilata
los ojos venenosos
de los perros.

Y entonces el mundo
se hace claro
entre ella y yo.

Todo tiene el mismo sentido
y todo se repite
de la misma manera
y el sinsentido vuelve
a tomarse el pulso
con la navaja oxidada.

La fiera

Mi amada con la uña del cielo
se revienta las sienes.

Mi amada bebe en los bares
de la media luna
su vodka de zapatillas de baile

se embriaga hasta que ya no puede
mirar el mundo
desde otra orilla absurda
o bella

con sedosos filtros y costuras y timbres
que son la sed de un niño no nacido.

Fosfórica enjaulada
en los vidrios del párpado
abolido
en la remota ruta de la fiebre
encausada por todo
lo que veo y lo que oigo
por todo lo que sueño
y he olvidado.

Yo la invento en mi vida
que durará un minuto
después de este minuto largo

que no pesa
ni alivia
ni socorre.

Mi amada está sonriente
ante el gran final de todo.

Vestida con su traje
de huracán sepultado.

Con la uña del cielo
se revienta mil pájaros.

Cada pájaro en mi pecho
es una duda larga
con residuos de semen
y pétalos mordidos.

Yo la nombro intangible
como el acero y el cobre.

Yo la busco bajo su piel celeste
como la hoguera
que el viento ha despoblado.

Un hombre decidido

Un hombre decidido

Un hombre es sólo aire y desvarío
un hombre temeroso de sus años
                    de su nombre
            de su piel
        y de sus pasos
un hombre tan cabal
como una bola fría
un animal de lujo
un novelista a vapor
de esos que llenan los periódicos
de humo y de nostalgia
como si eso y sólo eso
hiciera correr tinta
de diversos colores
por entre las venitas
de las niñas azules

un hombre decidido
a colgar indefectibles vendavales
de ambivalentes pararrayos
y quedar destemplado y sin memoria
quedar como una esfera adolescente
cosido a mano por un lampo
ante las pieles traficadas
por bisoños baúles bilabiales
o clementes atardeceres de verano.

Fantasma de los otros

Al margen de todo intento siempre
como cristal de luz
al fondo de una inundación
camino sobre mi propia piel
ya descosida
conversando sobre nada
con mi sombra
fantasma de los otros.

Aquellos que me roban
un silencio fortuito
 guardado en un bolsillo
del viejo pantalón.

Me divierto escuchando
respirar a los conejos.

El buitre

Cuando alguien
se acerca sigiloso
yo me abro un hueco
en la garganta

y allí me quedo
hasta que pasa
el buitre

o se adormece
pluma a pluma
sobre un árbol.

Coloquio

Como la luz en sordo sortilegio
espejo espeluznante y ojeroso
que borra con pericia
la presencia de los otros
me siento a la orilla de este río
a conversar tranquilamente
con una roja nube que se ahoga.

Presunción

Me he separado de la línea
de los incendios fugaces
con idolatría fanfarrona
de mis perros de presa
y de gargajo.
Las cornejas hacen un largo desfile
infladas a destiempo
y por un alfiler de paranoia
con sábanas tendidas y ladridos lejanos
empieza a chorrear tinta
de distintos colores
para que en el verano
las muchachas insinuantes
se colmaran de sueños.

Las cornejas se rompen como espejos.
Los espejos son hilos de sangre inestable
que fluyen por debajo de los puentes
como una voz de arena enterrada
en un pájaro.

Contingencia

El hombre por su amada
tiene un nervio torcido.
La hija está sentada
en el umbral de su fuga.
Dentro de los viejos
estuches de su madre
caracoles de plomo
iguanas hermafroditas
y sedientas
un ojo de ceniza
del que provienen
algunos seres infructuosos.

Ella saca del fondo de su corazón
un pequeño relámpago de plomo
un cíngulo con marcas de dientes
de plomo
un cuchillo de plomo
para el marido que llegará más tarde
al lugar correspondiente.

El hijo sale en busca
de su padre muerto
dice a un trozo de árbol:
"me has matado amigo amigo..."
Entonces la madre
convertida en faisán

oculta entre sus plumas
sombras y pasos de sonámbulos
y alguna incertidumbre ya madura.

La hija en el ascensor
del cielo
abre un estuche
que parece un reloj
cuyos ribetes de plomo
marcan el fin del mundo.

Allí guarda los residuos de luz
del día anterior también de plomo.

El hombre dice sí
a la mujer que pasa.
La mujer dice sí
con las piernas abiertas
a todo lo que asoma
por la grieta del piso.

Os conozco

Hay días en los cuales el aire es casi nada.
El corazón es ascua en las aspas del cielo.
Todo tiene el contraste de un ojo de buey
amenazado por la cúspide del aire.
Solamente los perros viven sometidos al
yugo de la claridad.

Al yugo de la inercia digo "víbora"
y se pule y se dobla con vehemencia
la llama congelada en el espejo.

La llama es un ladrido
que un árbol ha esculpido.

Del otro lado del tiempo
sólo existe lo blanco.
Hay días en que solamente
se oyen colores parcos
y palabras parcas
y deseos parcos.

Nada que no sea salvaje da verdadera lumbre
a los hombres que pasan de puntilla por
sobre las heridas de un leopardo
furioso y macilento.

Os conozco furias leves del trópico.

La más alta prestidigitación del azar

El aire era una piel cruzada
por mil cuchillos de niebla.

La niebla mordía las espaldas del cielo.
El cielo se pegaba al codo de mis lágrimas.
Mis lágrimas caían
como las plumas de un pájaro.

Un pájaro metido en una botella
la botella en un grano de arena
la arena cantando mi canción siniestra
en la más alta prestidigitación del azar.

El averno

Yo era feliz y el aire me turbaba.
Me dejaba sin voz y sin pisadas
sobre un suelo que se alargaba.

Yo era feliz y el deseo me turbaba
el deseo de llegar al limite perfecto
de no saber un limite en el destello
de las risas de las mujeres con las que
alguna vez soñé desesperadamente
como se sueña el azar en los dormitorios
de los enfermos.

Yo era feliz y me turbaba pensando...
temblando me dormía sin voz
sin exención ni peso
mis ojos no tenían párpados
mis pisadas no tenían suelo
el suelo era un desierto angustioso
como una puerta en un espejo
como un deslumbramiento sin un ancla
como una esfinge desolada y como ida
que vuelve la cabeza para vernos partir
con paso ya invisible.

El ojo

El ojo suspendido en el aire de los calabozos
como playa o cristal o como grieta surgiendo
siempre de las profundidades y volviendo a
ser lo mismo que fueron mis camisas de óxido
y calambre: nube de combinación para mis
placeres de altura...
Oh —te digo— el mundo pierde sus colores
cuando dices que el mundo pierde sus colores
porque a veces el mundo pierde sus colores
para que haya en el mundo un mundo sin
colores que se parezca al cielo y a ti que sueñas
con colores iguales a todos los colores que
solamente para ti yo invento.
Entonces el ojo es más que sombra y cielo y
piedra: una pregunta que no tiene respuesta.
Es el ojo que te dice que todas las profecías
perecerán
lo mismo que los días del hombre y que el
desaliento
y los presentimientos no son sino modorra.
Solamente los muertos de mirada intercesora
conocen la verdad de todas las cosas.
Y he aquí el ojo que se mira en el mirar de todos
el ojo con sus cuerdas vocales reventadas
el ojo meteórico ondulante
eclíptica madrépora sin luna para el sonido
cóncavo

y así traumática calígine consagra
hermético clamor
mísera simultánea luz tiránica.
El ojo donde se cumplen las profecías y se
disipa el puentecito de la cosa inventada.
El ojo lleno de mariposas de semen.
El ojo que te dice que hay que volver a ser niño
el ojo que ya no puede deshacerse de sus
ruinas.

El ojo es una herida que no se cerrará
un puente que no se cruzará
un abismo que no puede ser medido.

El cruce de las palabras que nacen prisioneras

Una pupila azul sobre un monte plateado
donde alguien comienza a sospechar del cruce
de las palabras que nacen prisioneras.
Todas las palabras son cárceles de humo y de vinagre
y el aire que las parte y las reúne
también es una celda con un túnel.

La inconquistable

Una mujer asoma en el espejo
en el que ya no hay nadie
el espejo donde otra mujer
se abraza a orgiásticas
franelas desgarradas.

Una mujer más diáfana que la grieta
en los muros del infierno
perennemente azul como un dilema
más bella bajo la seda mórbida de mi
brutal desvelo.

Yo la amaba con los gramos
de locura de mis gritos de vidrio.
Yo la amaba con el secreto alivio
de un ascensor vacío.
Yo la buscaba por las calles
desiertas de un paraíso de culebras
y mi voz y mis ojos se llenaban de música
y mis manos temblaban
y mi cuerpo se alzaba sobre el aire
como si por dentro estuviera hecho de plumas
de colores
y no de inmensas llagas desbordadas.

Yo la esperaba en el parque de las palomas —
que así llamábamos nosotros aquel lugar

sombrío y húmedo—
con mi desolación de estudiante
y un libro de Rimbaud

pero ella intangible
se ocultaba en la muerte
de todas las palabras.

El viento

El viento está lleno de ausencias petrificadas
como algunas palabras en cuyos huecos
hay cierta manera de inhibición.
Palabras que no pueden sino quebrarse
como la lumbre que llena los maizales
para hacerlos crecer.

El viento es un pequeño algodón sucio.
Me limpio los oídos con la pata de araña
de una obsesión proscrita involuntariamente
medieval y vórtice.

Sofocando estos limites
yo nazco.

Yo arrojo al viento pétalos maduros.
Yo he colocado al viento debajo de las rocas.
Yo tengo la serena certeza de la piedra
y del viento las hondas raíces que lo guardan.

Boceto

Boceto

Todas las palabras están contaminadas
y hacen daño a quien las dice:
callar es abrir una puerta
y cerrar todas las otras.

Ay si te contara todo lo que suele
contarse a bordo de las camisas en llamas.

Todo lo que digo termina en ascuas.
Si digo sombra el espejo es la piedra.
Si digo sombra o nube
se revuelve el fondo del mar.
El mar es una piedra
con una hiena viva
en el fondo
lugar donde se mezclan
hechizo delicadeza y furia.

La madeja que produce el sueño

No pensar en la estrella
que se ha secado el rostro
con mis lágrimas.

No pensar en la nocturna capa de silencio
que nos destruye a cada instante.

No pensar en tus brazos cuando ya te has ido.
No pensar en la vida que nos roba la distancia
ni siquiera la luz que quiebra el vaso de cristal
o la madeja que produce el sueño.

La lumbre se despoja de sus manantiales

Ser la burbuja que asciende y se pierde.
Retornar. Ser la gota que la sed rebosa.
Dejar que avaro desnacer se oponga
destronado límite.
Todo final es triunfo.
Cada comienzo es ya una pérdida.
La lumbre se despoja de sus manantiales.
La burbuja contiene el cielo entero.
La burbuja y los pájaros
mas no la mariposa
vencida en el intento de su hazaña.

Nada es igual al golpe de la palabra espanto

No hay nada más cálido que una
garganta desierta con dos cactus.
No hay nada más liviano que un
pensamiento ajado y desvelado
y sin medida.

No hay nada más extenso que la noche
ni nada más hermético y divino
que un grano de arena despojado
del brillo de los soles mal pulidos.

No hay nada más extravagante y puro
que escuchar el silencio en la mañana
ardiendo entre siluetas laberínticas
de un torso que se agranda como un sueño.

No hay nada igual de esplendoroso
que recordar un nombre
y darle vida a un cuerpo que no existe
sino en la brevedad del pensamiento
que se distancia siempre de sí mismo.

Nada es igual al golpe de la palabra espanto.
Nada es igual al cielo que dibujan
tus manos cuando con ellas cierras
mis párpados dichosos.

Rodeo

El día comienza con la noche.
La noche comienza con la noche.
El día es un hueco en el cuerpo de la noche.
La noche es como el viento: se desprende
y nace de sus propios límites.

Yo soy el viento sin origen
sin lugar en la noche.

Yo soy el comienzo del día en la noche
que se retrasa o muere.

En su diafanidad la noche es casi el día.
Yo me cubro la cara con las manos del día.

Yo tengo fe en el retorno
de cada noche no vivida.
Yo busco el equilibrio entre las islas
de verdadero reposo.

La culebra

La culebra se enrosca a la sombra del alba:
una mujer descalza camina por la acera
una mujer se arrastra por el cielo
agria o difícil como si acabara de comprender
la sensación de un remolino.

Yo me corto una vena
con la pluma del buitre
la culebra es engendro
de la mansedumbre
o de la idolatría constante.
Cada mañana
bebo la tinta de mi yo salvaje
hasta sentirme ebrio.

Para un suicida incalculable
imaginar culebras trenes
o camellos es solamente
un modo de absoluta humildad.

Pequeñas sensaciones del tiempo

Está la altiva nieve degollando un niño.
Está la seductora caricia de sus dedos largos
abriendo dos caminos en el pecho entreabierto
con la sal de sus besos y la espuela y el látigo.

Yo no quiero perderme en tormentas o efluvios
que no formen siquiera una orilla tangible
donde estarme esperando a la más seductora
nubecilla incorpórea.

Puntual y decidida tú llegas con resguardos
y cactus y botellas
degollando a los perros que ladran por el aire
degollando a los niños que duermen sin sus
alas.

Tú llegas con tus ojos abiertos a otra vida
virtual que no es la mía
y dices mordiéndome los labios y besando
mi frente avasallante que no
que no me suelte nunca de tus brazos
que no ceda a la duda ni al frío ni a la nada
que si tardo o me vence la ansiedad o la pena
no tarde lo que tardan las rosas y los ángeles
en ser sólo pequeñas sensaciones del tiempo.

Cataclismo

Todo tiene el peso de su dilación
y el contraste de su belleza.
Todo tiene que ser derrumbamiento
y víscera y calambre
o siesta o maleficio o calle.

Esto te nombra y te libera.
Esto te da tu ser como en el trópico
donde la sed toda la sed emana de
tu dilema y tu caída.
Ahora todas las cosas son siniestras.
Ahora todo será devastación flema y espanto
o selva y sangre y mar y humo
como la luz y mi mano.

Jungla

Siento una sensación de raíces de acanto
y torbellino que agobian y destilan contrastes
y delirios recubriendo lo ausente con lo vuelto
a quedar entre presencias nones y atavíos
como si de mis pensamientos más raudos
más altivos proviniera una luz casi débil
que se nutre del vaho de las pasiones.

Ah que todo es una jungla misteriosa
en la cual para siempre
nos llenamos de los huecos de otras
cosas peores.
Aspiramos ascender a las dichosas cumbres
y no hacemos sino bajar súbitamente
o quedarnos acalambrados y tristes
en un lugar sin noche
solitario o maldito.

La desesperación inunda cada hueco del cuerpo
como una seca y desahuciada ilusión por las
cosas perennes que de pronto son sólo
residuos de remordimientos.

Déjalo todo
para que puedas encontrar tu equilibrio
en aquello que dejas a los otros
como tu jungla y tu prisión.

Quien se carga demasiado
o se tuerce o se hunde.

Disidencia

Con una golondrina
disfrazada de nube
disidente nube
de latitud de albérchigo
de sueño que sirve
de mordaza a quien
lo calla dos días o mil años
con una voz
de transparencia humana
así la piedra es más
que el cielo

campanitas igualmente
transparentes colgando
de las tetas de las vacas
de cedro espumoso
te escribo para evadirme
del frío de mis cuatro paredes.

Con una golondrina
despojada de sus ritos nocturnos
yo puedo ver que se disipan
los cantos de la aurora.

Yo puedo darte un mundo
igualitariamente despoblado
de estrellas

un mundo donde no cabe nada
porque ya está repleto
de gusanitos blancos
de gusanitos púrpuras
y de una ansiedad q
ue no cabe en los
sueños de los hombres.

Una ansiedad cortada
en las ramas de olivo
una fragancia de la peor
de las razas.

¿Qué puedes esperar
de este mundo asqueroso
oh pedernal
cuando los hombres
se matan por monedas
que no valen nada.

El teléfono

Se incendia una voz en el teléfono
y mi rostro se quema
y se me queman las yemas del zodíaco
es mi amada que arde en la bañera
con un mapa del paraíso
y cera y vino y mucha espuma.

Yo siento como un desmayo lúbrico
que ajusta el horizonte de las playas
al único latido que me queda.

Su sexo es un molusco
rudimentario y sediento.
Su sexo como un cataclismo de rocío
y de miasma
sirve para atrapar a la bestia
con un llamado audaz o con
una córnea de bisonte rosa.

Su voz llena el olvido de cactus
y de anémonas.
Su voz es una llama en
el fondo de un vaso.

La flecha

Y río y río y mar y mar llorando.
Yo inmóvil señalado por una flecha
urdido por una pena
ando cabeza abajo
río con la cabeza en una mano
y los pensamientos amarrados al pecho.

¿Quién me nombra
con una voz sin brújula
ni amparo?

Me he vuelto tan absurdo tan absurdo
que el corazón se me agranda en la voz
y no en las huellas olvidadas.
Me hablo desde una voz que no conozco.

Y río y río decapitado y sin cuerpo
negro por dentro como el diente
espiritista de un amigo cansado

y sigo y sigo sin dar tropiezos
a nado por mi garganta.

Epitafio en la escalera

Yo reí para espantar la muerte
para espantar aquello inexplicable
oh palabras palabras tan pensadas
tan sentidas
tan en trance
sin vendajes ni duelo ni corona

os di la luz la vastedad
el pulso el zigzagueo el trueno.

Yo reí para espantar el miedo
para espantar el miedo de reír: reí
reí en medio de las fiestas con esa risa
rudimentaria y bonachona
con la que ríen los aparatos
de moler encías.

Oh las lóbregas las cáusticas las horripilantes
las incisivas lágrimas sedosas filosas
fornicantes
oh las instantáneas las raspadas las quiméricas
las que zumban las que danzan las sinceras
las purificadas al azar con pétalos de orquídeas
y baba desertora.
Mi risa tan desértica y tan niña que
picoteaban con odio mis amigos...

¿Qué mal os hice con reír
qué mal os hice?

Decid al viento que yo me iré temprano
con mis cuatro palabras lúcidas perplejas
desiguales
y mis bolsillos rotos y mi risa en pedazos
y mi voz en pedazos y la vida.

Índice

Suicidio en el país de las magnolias

El cielo una corneja

Catarsis

Lumbre

Un hombre decidido

Boceto

Colofón

Esta cuarta edición, corregida y ampliada, de
Suicidio en el país de las magnolias,
de José Alejandro Peña, se terminó de
imprimir en julio-agosto de 2022 en
Talleres Llimá, en Tampico, Tamaulipas, México.
Esta edición especial consta
de 3000 ejemplares más
sobrantes de reposición.

Publicado y distribuido por
Editorial Neptuno
www.editorial**neptuno**.com
libros@editorialneptuno.com